へなちょこ探検隊

屋久島へ行ってきました

銀色夏生

幻冬舎文庫

へなちょこ探検隊

屋久島へ行ってきました

屋久島の地図
N
ュマル園
宮之浦
白谷雲水峡
屋久島
空港
縄文杉
おにぎり
リバーカヤック(カヌー)をした
安房川
しか、いた
ヤクスギ
ランド
紀元杉
さる、いた
屋久杉自然館
モッチョム岳
千尋の滝
いわさきホテル
5km

一湊
四瀬ノ鼻
いなか浜
永田浜
西部林道
さる
大川の滝
しゃくなげの森公園
ユリ
栗生海水浴場
平内海中温泉

屋久島……。

屋久島というと、どんなイメージが？

縄文杉というでっかいでっかい杉があって、何千年も生きていて、神が宿っていると も言われていて、一年中、雨がたくさん降り、霧の森ではぶあつい苔がぐにゃぐにゃと からまった木の根っこを覆っていて、島はまた高い山でもあり、どんどん降る雨がたく さんの滝となり海へと流れ落ちている神秘の島……。

いやだなあ、そんなとこ。なにしろ私は、宮崎の霧島のふもとにある盆地生まれで、 山に四方を囲まれて育ったので、山や森にはあきあきしているのだ。

それなのに、はじまりは一月。

幻冬舎の菊地さんにひさしぶりに会い、千駄ヶ谷のイタリア料理店でごはんをおごっ ていた。すると、ワインなんか飲んでるうちに調子がよくなってきて、旅をして本を作 るのもいいかもという話になっていた。

「ヨーロッパの北の方……、フィンランドとかスコットランドって興味ある……」と、 私。

「いいですねえ」と、菊地さん。

それからしばらく、本や雑誌で調べたり、菊地さんからも本が送ってきたりしたけど、もうひとつピンとくるものがなく、ピンとくるものがないとダメだからと、そのまま時間が過ぎていった。

そして、四月。屋久島の本を読んだ私は、むらむらと行ってみたくなり、菊地さんに「屋久島ってどう?」というメールを出した。こんなことでもないと、絶対行かないようなところだから、いいかも。

菊地さんは屋久島には行ったことはないけど、屋久島通の友だちがいるので、その人にいろいろ聞いてみますということだ。で、さっそくまたごはんを食べた。今度は銀座の飲み屋。

「銀色さん。通が言うには、屋久島にはぜひとも船で行ってほしいそうですよ。海の向こうからだんだん近づいてくるところを見てほしいと」

「ふーん……。その人は、まさに……通だね……。でも、私たち、へなちょこだから、飛行機でいいよね」

「いいですよ」

菊地さんもへなちょこらしい。

「いつ、行く?」私の方が時間の融通がきくので、菊地さんにたずねる。

「私が今あいてるのは、五月十六日から四日間です」

ふーん。四日か……。短いかな? いや、ちょうどいいかも。

「じゃあ、そこにしようよ。何も考えないで行って、あとはそれから考えようよ。また行きたかったら行けばいいし、次に他のところが浮かんできたら、浮かんだところに行くってことにしようよ」

「そうですよね」菊地さんは目をみひらいて、自分にいいきかすようにうなずいている。どうやら私たちふたりとも、ほんのちょっとおよび腰。予想がつかなくて。でも、楽しみな気持ちもわいてきた。そして、意外と菊地さんは、私以上にアウトドア派じゃないことがわかった。

「それでは今、会社に屋久島に行ってる者がいますので、帰ってきたら準備するものを聞いてみます。一緒に買いに行きましょう」

「うん」

「あと、泊まるところですけど、どんなところがいいですか？」

「そうだね……。通だったら、自炊できる民宿とかかもしれないけど、私たち、へなちょこだから、ホテルにしようよ。夜はゆっくり体を休めたいし」

「そうですよね」と、菊地さんも喜んでるふう。いわさきホテルというところに線を引いている。

「縄文杉は、どうしますか？」

「……行かなくてもいい。遠いんだよね」

「往復、十時間ですって」

「行きたい？」

「別に……」

「やめよう。なんか、人がいっぱい行って、弱ってるんだってよ」

「そうみたいですね」

写真でよく見る、縄文杉を目に浮かべた。
大きい大きい木。
それから、「ではさっそく明日、飛行機のチケットなど調べますので、メールします」

と言って、菊地さんは夜の中へ去っていった。

数日後。飛行機の時間が知らされた。

五月十六日、朝八時発。早いじゃないか。あ、でも私が言ったんだった。いろいろできるように、行きは、朝早くから、帰りは、できるだけ遅くまでいようって。

そして、雨ガッパ類を買いに行くのは、五月十日になる。

五月十日。

新宿駅、東口。午後二時ちょっと前。駅の階段を上る。ロータリー。この景色を見ると、なぜかいつもどっと疲れが。新宿って、いろんなものが長い間にほこりのようにたまって、けだるくなってる感じ。

天気もよくて、暑い……。交差点には、あいかわらずチラシくばりやアンケートの人がいる。待ち合わせの紀伊國屋書店の二階へ向かう。その前に一階で本を探していたら遅れそうになったので、急いで二階へ行ってみると、いたいた。

「お待たせ。待った？」

「いいえ。大丈夫です」

「新聞で見たんだけど、『クロワッサン』が、魚特集なんだって。どこにあるかな？」

「えーっと……、あ、ここです」

見てみた。魚のさばき方とか知りたかったのだけど、どちらかというと料理が多かったので、そっと置く。


歌舞伎町にあるというアウトドアショップまで歩く。

着いた。大きなビルの地下。人も少なく、買いやすそうな店だ。

「それでは、誰かよさそうな店員さんを見つけてきます」と言って、菊地さんは行ってしまった。

私は、なるほど、よさそうな店員ね……、さすが菊地さん、細かいところに気がつくなあ……と思いながら、きょろきょろあたりをみまわし、私なりによさそうな店員さんを探してみようとしたが、これ、という人は目につかなかった。

しばらくして、菊地さんがやってきた。反射的にそのよさそうな店員さんを見る。

ああ、確かによさそうだ。

その店員さんは、目は一重だけど巾は広く、素朴で山が好きそうな男の人だった。後で、話の中に、「僕はいつもこれです」などという言葉が出てきたので、やはり山登りが好きなのがわかった。

ゴアテックスの雨ガッパとナップザック、速乾性のシャツと靴下を買う。

買い物して疲れたので、大きな紙袋をさげて、同じビル内の喫茶店へはいる。赤いチェックのビニール製のテーブルクロスがかかった、遠い地方都市にあるような小さな店だった。

「他に持っていくものって、何がある？」と、私。

「短パンはどうしますか？」

「持っていこうか。水着は？」

「一応持っていきましょうか」

楽しみなような重苦しい空気が漂う。いったいなんで屋久島に？

「でも私は楽しみだよ」とポツリと私が言う。

菊地さんもうなずく。

「このあいだ行ってきたというウチの編集者も、全然アウトドア派じゃなかったのにすっかり感動して帰ってきました」

「カヌーには乗ったのかな?」

「乗ったと言ってました」

私たちは屋久島のガイドブックを時おり見ながら、励ましあうように会話を交わした。

「ガイドの人がいるから、まかせればいいよね」

「そうですよね。さっそく明日、電話してみます」

「夜って、眠れる? 私は時々、旅先で眠れなくなることがあるけど」

「眠れないとつらいですよね」

「行く日って、何時に着くんだっけ」

「十一時二十五分です」

「じゃあ、その日の午後から予定を組んでもらって、動いて、疲れて、夜はバタンと眠ろうよ」

「そうしましょう。当日は、空港で私が先にチェックインしてカウンターのところで待ってます。何時にしましょうか」

「八時発だから……、七時三十分か四十分」

「四十分でいいですよ。私はいつも朝早い時は緊張してすっごく早く起きてしまって、よく空港の椅子で寝てるんです」

「ふーん……。じゃあ、前の日はたっぷり睡眠をとろうね」

そしてまたちょっと静かな重さが……。あるいは、形を変えたむしゃぶるいかも……。

そういえば、仕事で旅行って三年前の夏に北海道に行って以来だ。めったにない。いつも自分で好きに行ってるから。

緊張する。

じゃあね、と地下鉄の改札口で別れる。


あまりくわしく調べないで行った方がいいと思い、ざっとした案内の中から行きたいところを数ヶ所ピックアップして、そこを中心にガイドの方に予定を組んでもらうことになった。

へなちょこな私たち。でも、頑張って、いろいろ見てこよう。

『持っていくもの』
と、ノートに書いた。
水着、短パン、Tシャツ、傘、カメラ、フィルム、ノート、ペン、読む本。
本は何を持っていこう。せっかくだから、気持ちのよくなるような本にしよう。
メールを開いたら、菊地さんから来ていた。
スケジュールがだいたい決まったらしい。
一日目は、ガイドさんがあいてなくて、自分たちだけでタクシーを借りて、ヤクスギランド～紀元杉～千尋《せんぴろ》の滝～ホテル
二日目からはガイド付き。苔のきれいな白谷《しらたに》雲水峡
三日目はリバーカヤック
四日目は沢登り～空港
メールの最後に、「どんどん楽しみになってきます」と書かれている。私も、楽しみになってきていた。
新聞を開き、天気予報を見てみる。今日は十一日。
十六日は曇り。南から台風一号が北上してきているが、それは五日後にはどうなって

いるだろう。雨が降っても歩くのだろうが、リバーカヤックはするのかな。雨の川をこぐのかな。

夜、ナップザックが目にはいったので、ちょっと背中にしょってみる。そしてそのまま机に向かったり、トイレへも行く。鏡にも映してみた。
それから、おろして、眠った。

ナップザックが視界にはいるたびに、ちょっとうれしくなる。

私は思い出した。じめじめしたところを歩き続けると足がかゆくなることを。足全体がかゆくなり、気分が沈み、やがて、すごく最悪な気分になってしまうのだ。ほんのちょっとの散歩でもそうなることがあり、一度そうなると、落ち着くまでダメなので、みけんにしわをよせて走って帰り、家の中に駆け込んですぐにズボンを脱ぐ。あたたかくてきれいな場所に行くと治る。
ああ……。あのかゆみといやな気分になったらどうしよう。
でも、きれいなところなら大丈夫な気もする。また、それを克服するチャンスかもしれない。

出発の前日。荷物の準備。ナップザックがやけに大きく感じる。もっと小さいのにしてもよかった。これは人気ですよといわれて、いいのかと思い、ついふらふらっと買ってしまったが、菊地さんみたいに、軽くて安いのにすればよかった。などと一瞬、頭の中でまたくるくるっと考えが竜巻のように生まれて消えていった。

服、カメラ、ノート。準備は、あっという間に終わった。

今回、私は、意識してしようと思ってることがある。

それは、屋久島での深い呼吸。きれいな空気を絶えず体にとりいれること。そのことを忘れずに、ずっと滞在できたら、よし。

台風も熱帯低気圧に変わったし、天気もよさそうだ。

あとひとつ、体重が、山歩きによってどれくらい減るか。(減らなかった)

朝、七時に家を出た。タクシーに乗って空港へ。

出発ロビーは思いのほか混んでいる。菊地さんはどこだろう。

携帯に電話してみると、いたいた。片手に紙コップのコーヒーを持って。

飛行機の中で食べるため、お弁当かサンドイッチをさがす。いくつかの売店をのぞいたらいろいろあったけど、これ、というのがなくて、迷いに迷ったすえ、サンドイッチにした。飛行機の中で食べたが、おいしくはなかった。

まず鹿児島まで行って、乗り換えて屋久島へ。鹿児島からはあっという間だった。窓の外に灰色の島影が見えたかと思うと、飛行機はぐーんとカーブして着陸態勢に。十一時二十分、到着。

小さな空港だ。黄色い花が咲いている。荷物を受け取る建物まで歩いていく。

「タクシーを予約してありますから。迎えに来てくれているはずです」

菊地さんが荷物を待つ間に売店のみやげ物を見る。こまごましたものがたくさんある……。

でも特に欲しいものはないな……。ん？　これは。

それは、たくさんかかっているキーホルダーの中のひとつだった。プラスチックのくだものが数個つながったキーホルダー。こんなのの貝殻バージョンを昔、買ったなあと思いつつ、さわる。スリスリ、サラサラ。三個ある。それぞれに色が違う。でも、他のキーホルダーと比べて、これだけとっても古びている。菊地さんが来たので、見せる。

「ねえ、これ、かわいいよ。でもちょっと、ほこりかぶってるね。売れ残りかなァ……。色も薄くなってるみたいだし、金属のとこ、さびてるし……」

「そうですねー」

「でもかわいいなあ。帰りに買おっと。こんなの買う人、いないだろうな。もう何年もここにあるのかも。このみっつの中では、これがいいなー。次は、これで、これは、あんまり」


到着した人々は次々と迎えの車やタクシーに乗っていった。もう誰もいない。

私たちが予約したタクシーは見あたらない。他の空車のタクシーが何台も並んでいる。

「ちょっと電話してみますね」と菊地さんは電話をとりだした。私は、来てないんだったらこの空車のタクシーでいいのに。律儀だな……と思いつつ、外のベンチにトンと座る。

「今行くので、ちょっと待っててくださいということです」

「忘れてたのかなあ」

「そうですねー」と菊地さんは落ち着いている。いらいらしないで偉いな、と思いながらあたりの景色を眺める。

石のモザイクで描かれた大きな文字が見える。あの文字はどんなふうになってるのだろうか。

ツッと立って、行ってみる。石の色だ。濃い色と薄い色で分けてるんだ。

しばらく眺めてから、またベンチに戻る。

別のタクシーの運転手さんが「もうすぐ来るからね」と、言う。無線で聞いたらしい。

やっと、来た。運転手さんがあわてている。

「手違いで、遅くなってすみません」というのを聞いて、そうか、手違いだったらしょうがないな、この人のミスじゃないのなら、かえって気の毒みたいだな。

途中にあったタクシー会社に車を止めると、建物の中から人が出てきて「すみませんでした。私が予約の電話を受けたでしょうか」とすまなそうに言いながら、会社の名前入りの手ぬぐいを一枚づつくださる。「あせふきにでも使ってください」と。手をのばして受けとり、「いいのをもらったねえ」と菊地さんに言う。

ところで、もうお昼なので、着いたらタクシーの運転手さんに聞いてどこかでお昼を食べようよと話していた私たち。さっそく、菊地さんが、

「どこか、お昼食べられるところ、ありますか？」と聞いている。

新鮮な海のものをあっさりと食べたいと、飛行機の中で話していたのだ。

運転手さん、無線で、

「○○、予約して」なんて言ってる。すると、

「今日は、休みです」

「じゃ、○○」

てぬぐい

ということで、二番目に浮かんだところになった。どんなところだろう。期待してしまう。

着きました。小さな薄暗い、飲み屋みたいなバーみたいなところだ。こんなところでお昼、やってるのかな。運転手さんは、店の人に、「食べ終わったら電話して」と言っ

て、そこに作ってあった弁当をさげて行ってしまった。知り合いなのだろうか。

他に誰もいなくて、私たちは居心地悪いながらも椅子に座り、でもまだ、希望はもっていた。メニューを見るまでは。

そう……。そのメニューは、重く、使い込まれた様子で、いかにも開店以来変わってないって感じ。開いてみると、スパゲッティ、カレー、オムライスなんかが並んでいる。

私は、心を和食から洋食に切り替えた。それだったらそれで、いいかも。

どうしようかな……。カレーにしようかな……。

菊地さんはじっと見て、焼き魚定食にしようかなと言ってる。まだ魚をあきらめてない様子だ。それとも、さしみ定食にしようかと。そして、店の人に、聞いている。

「この、さしみって、何ですか？」

「えーっと、イカと、○○、○○です（知らない名前）」

「焼き魚は？」

「とび魚です」

「じゃあ、ひとつずつとって、半分こしようか」ということになった。

待ってる間、何もすることがなく、目の前に置かれた水を飲んだ。

カルキくさい……。屋久島って、水がおいしいんじゃなかったっけ。森はそうだけど、店は違うのかな。

「菊地さん、どう？　屋久島の印象は」

「思ってたのと違いました。もっと……何もないところかと思ってました。自然が、わっと……。わりと普通ですよね、空港の近くだからでしょうか」

「そうだね」

しばらく、ふたりとも無言……。テレビからみのもんたの声がひびきわたる。

思わず、健康クイズをゲストと一緒に考えてしまい、ハッと気づいて、気がしずむ。

することがないので、まわりをきょろきょろみわたす。

店の真ん中にあるガラスケースの上の招き猫が目にはいった。ケースの中の作り物のビニールのくだものがかわいい。なんとなく写真を撮る。

屋久島に来てまず撮った写真が招き猫。

菊地さんが不思議そうな顔をしている。

奥のテーブルの上の花瓶にバラの造花がさしてあり、

一緒に栗の造花もさしてあったので、それの写真も撮る。

「今、何を撮ったんですか？」

「あそこに栗があったから」


そうこうしているうちに、ついに定食ができてきた。まず、さしみ定食。あれ？　焼き魚もついてる。次に、焼き魚定食。同じとび魚だ。

さしみ定食は焼き魚つきだとは知らなかった。どうりで、値段も違う。さしみが千五百円。焼き魚が七百円。

とりあえず、食べ始める。さしみは、おいしかったけど、とび魚は干物で、味があまり好きではなかった。どうしようかな……、「これ、残してもいいかなあ？」と言うと、

「大丈夫ですよ、焼き魚がついてるって、書いてなかったですし、私たちが驚いたのを店の人が見てましたから」ということで、とび魚は、ちょっとだけ食べた。

終わった頃、タクシーの運転手さんが来てくれた。

ただの田舎に来ただけといった気分の私たちを乗せて、タクシーは走りだした。

お弁当(限定)
¥600
サンドイッチ
¥250
クロワッサン

ヤクスギランドという森へ行く前に、途中にある「屋久杉自然館」へ寄ることにした。なぜかというと、菊地さんの持ってるガイドブックにあった小さな写真に、つるつるした木のポコポコがたくさん写っていたから。あのポコポコはなんだろうと気になったのだ。

中にはいると、床は、四角い木をしきつめた寄木《よせぎ》みたいになっていた。歩くたびにこことこと動く。

あっ、あれだ。と、ポコポコが目にはいったけど、お楽しみは後でと思い、はじから順番に見ることにした。いろいろな種類の木の立方体があった。重さがそれぞれ違う。すごく重いやつ。軽いやつ。中間。

「これ、重いー」などと言いながら、持ってみる。

次のコーナーをくるっと見て、のこぎり類があるところに来た。のこぎりもいろいろだなーと思いながら見ていると、大きなチェーンソーがあった。その重さは二十キロで、持ってみたけど、とても持てない。すごいなあ、これでどうやって木を切ったんだろう。菊地さんにも声をかけて、持たせてみた。

「これ、重いよ」

「重いですね」

その後は、もうさっと歩いて回って外へ出た。別の建物にも歩いていった。

そこには大きな屋久杉の切り株がかざってあった。枯れたような木の根っこ。

大きくて、ちょっと驚く。


ふたたびタクシーに乗り込む。

きょうは、ヤクスギランド、紀元杉、千尋の滝を見て、ホテルだけど、さっきガイドブックで見たサル川のガジュマルというところにもついでに行ってみたいと思った。千尋の滝の前に通るから、菊地さんがそのことをタクシーの運転手さんに言ってくれている。

「あ、ポコポコ、見るの忘れた。見た？」

「見ましたよ。銀色さん、どんどん先行っちゃうんですから」

「あのために行ったのに……。どうだった？」

「別に、たいしたことなかったですよ。ただ木がポコポコでてただけで」

「ふーん……」

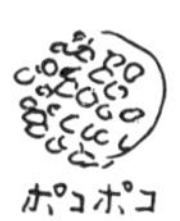

とてもくやしい。


「さるがいるよ」と、運ちゃんが教えてくれた。見ると、道のわきの木の下に集まって涼んでいる様子。ここ屋久島には、さると鹿しか動物はいないのだそうだ。

私は、さるも鹿も特に見なくてもいい。野生で、そこに住んでいるのなら、邪魔したくない。聞くと、菊地さんも同じらしい。

でも一応、車の中から写真は撮った。さるもこっちを見てる。

次に、鹿がいた。これも、パチリ。


ヤクスギランドに到着。

ここには、原生林を鑑賞する四つの探索歩道がある。三十分コースから百五十分コースまで。

私たちは、五十分コースにした。

森の中を歩き始める。私には、ただの森に見える。私の田舎の山のような。でもまあ、木の大きさが大きいところは違うか……。あと、特徴的なのは、土が少ないせいか、根っこがぐにゃぐにゃとむきだしになっている。そして、木の上や木の中や木のまわりに木がはえている。

そんな木の根っこが、いろんな形に見えて、時々笑った。

人が立ってるみたいなのとか、叫ぶ形の口や、口から紐とか。気持ち悪いようなのもある。

そして、老木は、ほんとうにおじいさんのようだった。弱っているので根を踏むなという注意書きがあったし。

あっという間に回り終え、帰ると、運ちゃんは寝ている。

湧き水があったので、手ですくって飲んでみたら、おいしい。さっそくカラのペットボトルに入れる。売店みたいなところを見て、タクシーへ。

運転手さんも起きて、ふたたび出発。

次、紀元杉という名前のでっかい杉。

写真を撮ってる人たちがいた。まわりをくるっと一周して、私たちも記念写真を運ちゃんに撮ってもらった。

見てます見てます

左のさる以外はもう見ていません

鹿です

口からひも

ひざを
ちょっと
曲げた人
(茶色い
うろこ風の)

左向き　叫び

右向き　叫び（仏陀杉）

顔　葉っぱ

正面　叫び

それからまたタクシーに乗って、走りだす。すごく眠くなったので、ふたりとも眠る。

しばらくして目を開けたら、滝の方へ向かっていることに気づいた。看板があったので。

ということは、私が言ったガジュマルはとばされてる。菊地さんが起きたので、そのことを小声で告げた。そして、もし運ちゃんが間違えているのなら、もう後戻りするのはいやだからガジュマルには行かなくていいからと言った。

千尋《せんぴろ》の滝。広々としていて、気持ちいい。雨がたくさん降る時は、左手の広い岩にも水が流れるんだよ、と運ちゃんが言う。それは壮観だろう。見てみたい。

空気もすがすがしく、シダの黄緑がきれいだ。

運ちゃんはやはり、ガジュマルを忘れていた。今から戻るというので、やめてもらった。

はやくホテルに行きたい。なんだか疲れて、ぼーっとする。

菊地さんが、運ちゃんに、

「やはり台風はすごいですか?」と尋ねている。

「くるとなるとね」という答えが私には印象的だった。

くるとなるとね……。しみじみとした言葉だ。落ち着きがあるというか……。

ホテルへ行く途中、小さな川にかかる橋の上に車を止めて、ここからの景色がいいですよ、と見せてくれた。川の左右には、大きな岩がごろごろしている。

「この大きな岩の上で、よく地元の若い人たちがバーベキューをしてますよ」

その岩は、五メートル四方ぐらいあって、確かに大きかった。しかも平ら。

ちょっと上に乗ってみたい気もした。


それから、人ん家《ち》のバナナやパパイヤの木を走りながら見せてくれて、ホテルへ到着。

いわさきホテル。雑誌の写真で見たことはあったけど、写真って、どんなところでも素晴らしく写ることがあるから、実物を見るまでは、判断できない。

だが、従業員の方の態度も部屋もいい感じだ。急に気分がよくなった。山側の部屋と海側の部屋があって、モッチョム岳という山が見える山側の部屋がいいらしいというこ

ホテルのロビー

とで、山側を二部屋予約したはずだったのに、山側と海側一部屋づつになっていると言う。

菊地さんが、どちらがいいですか？　と私に聞くので、じゃあ、見てから決めようかということになった。

まず、山側。うーん、山の斜面を覆っている木々の新芽のさまざまな緑がいいですね。

そして、海側。はるか、眼下にひろがる緑と海もいいです。

私が迷っていると、

「銀色さん。やっぱり、屋久島らしさを味わうには山側がいいですよ」と菊地さんに言われ、山側にする。

「でも、海側もいいよね……。そっちもちょくちょく見せてね。……一日交代にする？」なんて、時々妙に優柔不断になる私。

「いつでも見に来てください」と菊地さん。

ちょっとそれぞれ部屋で休んでから、あとで待ち合わせしてランドカーでホテル内の庭園を巡ることにする。

部屋のベッドのヘッドボードにもテーブルにも、屋久杉の切り株の薄切りがはめ込まれている。そういえば、この島ではいたるところに木の切り株やぐにゃぐにゃしたでっかい根っこが飾られている。店の看板がわりに、案内板のところに、このホテルにも、ロビーにあった。さすが、屋久杉活用度が高い。

テラスに出て、景色を眺める。

正面、森。

上、空が広がっている。

右、遠くに海が見える。

左、森。

下、ホテルの庭。緑の芝生と岩と水の流れ。

下の左……。あれ？　あれはなんだ？　あれは露天風呂じゃないか？　なんの目隠しもないぞ。きっと、男風呂だな。だれか、はいらないかなあと思う。

さて、売店で、簡単な地図をもらって、ランドカーの乗り方を教わる。菊地さんはペ

ーパードライバーだということなので、運転は私。説明してくださったホテルの人が地図を指して、「この辺、坂道注意と書いてありますが、充分注意してください。道から落ちたら戻れませんから」と言う。

「はい」と言って、こわごわ出発。がたがたごとごと、かなり揺れる。音も大きくて、落ち着かない。運転に必死で、景色を見る余裕はなかった。

そして、坂道注意のところにやってきた。すごい坂。グーンとアクセルを踏みつけ、上ったり下ったり曲がったり。楽しくもなんともなかったが、今は無事帰り着くことだけを考える。猿園へ出た。檻の中にさるがいる。さるにはあまり興味もなく、また檻に入れられて気の毒と思ったので、そうそうに立ち去る。しゃくなげ園、つばき園と名づけられたところを通って、鯉の池というところへ出た。

ここでは、ランドカーから下りて池を眺める。

ちんまりとした池。うっそうとした植物が生い茂り、熱帯気分。

ふと、たて看板に気づく。

『映画ミスティで、豊川悦司が住んでいた小屋です』

「ミスティって、何だっけ。ああ、もと宝塚の天海祐希が出てたやつだ」

ふーんと思い、しばらくじっとその池と小屋の跡を見ていた。

あの小屋まで、トヨエツはどうやって行ったのだろうか、とか、このホテルに泊まったのかな、とか、仕事が終わったあとはどんなふうにすごしたのかな、とか、いろいろな疑問が生まれては去っていった。それ以上の考えも浮かばず、ランドカーへとことこと戻り、立ち去る。

また、ゴーゴーうるさい音に包まれ、進む。

ポンカン園を通って、しか園とホテルへのわかれ道へ出たので、迷わずホテルへ戻る。

ランドカーを返したら、ホッとした。

「じゃ、さ、もう庭園も見たし、これから風呂にはいるね。夕食は、何時？」

「六時半です」

「じゃあ、六時二十五分に部屋をノックするね」

「はい」

で、さっそく、風呂。広い温泉大浴場があった。露天風呂も。やはり、部屋から見えたあの露天風呂は男湯だ。

大浴場の中にも、切り株が沈められていたので、そこに腰かけて長いこといた。

ぼーっとガラスの外の景色、山や木、外の芝生の庭に飾られているまたもや屋久杉、を見ていた。

すると、ガラスの向こうを、何か、動物がサッと横切った。あっと思い、思わず立ち上がってのぞいたら、ねこだった。となりにいたおばちゃんもまったく同時に同じ行動をとったので、ふたりで顔を見合わせ笑った。


風呂からの帰り、売店があったのでのぞいてみる。

屋久杉の置物や、小物類。高いものでは数十万円のものもある。それらはガラスケースに入れられていた。ここのだけなんでこんなに高いのだろう？　と思った。色はあめ色というか、わりと濃い茶色。もっと薄い色のは、そんなに高くない。安いものでは、皿やはし、キーホルダーもある。

そうだ、お盆……軽いお盆が欲しいのだけど。お盆お盆っと……。これは鉢か……。あった、お盆。重いのはいやだ、軽いの。いろいろさわってみて、ひとつ、いいのがあった。希望する大きさよりすこし小さいけど、軽さや手触り、持った感じがいい。で、後で買おうと思い、それを上から二番目に置く。他の人に買われないように。

Tシャツや水着売り場も見てみる。水着って、なかなか買う機会がないので、こんな時にさっと買っとこうかな、と思い、ちょっとだったけど、じっくり見た。ひとつ、いいのがあった。形はスポーツタイプだけど、色が、きみどりに赤いぼやっとした模様がはいっている、なんか女っぽいやつ。これを着たら、女らしいかも……。と、夢がひろがる。

それから、絵葉書や写真集のコーナーへ。屋久島の写真集。手にとってちらちらっと、見る。よくあるきれいな木や苔だ。屋久島の花の写真集。ぱらりぱらり。ん？

ユリがたくさん咲いている写真に目がいった。どこだろうここ。行ってみたいなあ。五月の栗生《くりお》の海岸と書いてある。今頃だ。今も咲いているのかな。

部屋へ戻り、テラスで涼む。山をぼんやり眺めていたが、ふと思い出し、左下の男風呂を見てみた。誰もはいっていない。誰もいないなあ……と、部屋へはいる。

夕食。

今日は、試しにコース料理にしてみる。和洋コースってやつ。

おいしかったけど、あしたからはこんなにいらないので、単品にしようと話し合う。水着のことも話す。きみどり色に赤い模様で、女っぽいの、買おうかな……と。食後、菊地さんに、うちの部屋から見える男の露天風呂の話をしたら、ぜひ見せてくださいということなので、連れてきたけど、誰もはいっていなかった。

明日から、頑張ろうね、と言って別れる。

部屋で本を読んだり、テレビを見たりしてしばらくすごす。また立って、テラスへでてみた。男風呂。すると、いました。人が。大の字に寝転んで気持ちよさそうにはいっている。遠くて細かいところまではよく見えなかったけど、やっとなんか落ち着いたので、カーテンを閉めた。本を読んでいたら、十時十八分に、トロトロッとしたので、電気を消して、眠った。

朝までぐっすり。六時に目覚めた。今日は天気がよさそうだ。

カーテンを開ける。ガラス戸を開く。いい空気。テラスへ出る。山。緑。深呼吸。男風呂。いない。山。空。海。太陽。

椅子にこしかけ、目をつぶり、朝日を顔に感じてみる。あったかい。そして眩しい。今日はどんなことがあるかな。いいことがあったらいいな。

そして、七時に朝食。バイキング。ゆうべも思ったけど、このホテル、この時期だからかもしれないが、宿泊客の年齢層が高い。高いながらも、みんな元気。はりきって食べ物の前に列を作っている。私は、ごはんと、和風のおかず、サラダなんかをちょっとずつとる。山が見えるテーブルで、菊地さんとゆっくりおしゃべりしながら食べる。

「いつもみんなに、『何かおもしろいことない？』って聞きまわる人に魅力的な人はいないよね」と、私。

「そうですよね」と、菊地さん。

「言いたいと思ったら、聞かれなくても言ってるよね。なんかさー、おもしろい話って、おいしく熟れた果実みたいなもんでさ、誰にでもあげたいものじゃないよね。気に入った人と大事に食べるのが楽しいんだよね。こっそりとね」

「ほんとほんと」

「親しくもないのに、どかどかやってきて、タダで盗っていこういこうとする人いるよね。何かおもしろいこと、最近ありました？　って」

「いますねー」

「あっ、そうそう。きのうの夜、見たよ。ついに、露天風呂。大の字になってはいってた」

「えー」

「よくは見えなかったけどね。今日、また見てみれば？」
「そうします」
なんて、調子よく時間を忘れてしゃべってたら、「もうこんな時間！」と菊地さんが言いだして、そそくさと立って部屋へ急ぐ。準備しなくては。
「八時十分に、ガイドの人とロビーで待ち合わせです」

さあ、ナップザックと山歩きグッズの出番だ。

ミネラルウォーターのペットボトル、タオル、カメラなんかをつめて、肩にしょう。

帽子をかぶって、靴をはいて、出発。向かいの菊地さんの部屋のベルを押す。

菊地さん、出てきた。着てる、着てる。歌舞伎町のアウトドアショップで買ったシャツ。

そしてエレベーターでロビーへ。柱のわきに、青いシャツを着た若い女の人がいる。あの人かな。ちらっとこっちを見た。でもそのままほーっと上の方を見ている。違うのか。

しばらくそこに立っていたら、さっきの青い人がやってきた。やっぱりそうだった。きょうのガイドをしてくださる人だった。普通、待ち合わせの場合、ガイドさんの方が、きょろきょろして探して、あの人かあの人か、声をかける、違った、また声をかけるって感じで、前倒しに行動するはずなのに、この人は違う。なんか、不思議な人。私は、すぐさまQちゃんとあだ名をつけた。マラソンのQちゃんにちょっと似てると思ったから。

私はいつも、初めての人に会うと、心の中で自分なりの呼び名が浮かんでくるので、ひそかにその名で呼ぶ。Qちゃん。あと、眉毛にほんのすこし、香取慎吾もはいってる。

バンに乗る。きょうは、あとふたり来て、四人でのウォーキングだそうだ。

宮之浦《みやのうら》という町まで、まず行く。最初に女の人をピックアップした。二十代後半くらいの、色白で細い女の人。柳美里に似ている。雰囲気や声、時代遅れの冗談を言うようなところも。美里似。

次に、ガイドさんの事務所へ行って、住所とかを書く。そこで四人目の男の人が待っていた。ひげをはやした山好き。ひげくま。

今日行く白谷雲水峡の入り口まで、またバンに乗る。くねくねと山を行く。途中、ダチュラの白い花がたくさん咲いているところがあり、目をみはる。

どこに泊まってるのかの話が出て、ひげくまが、

「天然村（だったかな。こんな名前）ってところに泊まってるんだけど、オレひとりでさ、夜なんか、トイレに行くにも気を使って」

わかる、わかる。

「めしもひとり」

「どんなのが出るんですか？」と、思わず聞いた。

「なんか、自然なもの」

「お酒は？」

「ひとりだから、飲む気がしなくて、夜なんか早く寝ちゃって」

見晴らしのいい場所でいったん車から下りて、山の斜面の木を見る。

「下の川をさかいに、向こうの山とこちらの山では、木の感じが違いますが、どちらが原生林でしょうか」

「こっち」

「そうですね。向こうがブロッコリーとすれば、こちらはカリフラワー。原生林は、木が長い間に自然に倒れたり、また育ったりして、だんだん表面がでこぼこしてきますが、むこうは、人の手がはいってますので、わりと平らです。屋久島は、大きな花崗岩の岩のかたまりです。巨大な墓石ですね」

説明を聞きつつ、まわりの花なんか、眺める。ひげくまや美里似が質問している。

菊地さんと、ぽーっとしながら後ろのほうでうろうろする。菊地さんが、

「ブロッコリーとカリフラワーのたとえ、わかりにくかったですね。私は、どちらかというとカリフラワーの方が平らという気がします。こっちでは、違うんでしょうか」と言う。

「ああ、私もちょっとうーん……と思ったけど、なんか無理に納得させた。でもたしかにそうだよね」

と言いつつまた、道ばたの花なんか眺める。

ブーッと車はまた走りだす。

さて、入り口の駐車場に着いた。

お弁当がそれぞれに手渡され、みんな自分の荷物につめた。

「ちょっと、柔軟体操をしましょう」

アキレス腱をのばしたり、足首を回す。

ひげくまが、「もう歳だから」なんて言ってる。

ガイドさんが「いくつなんですか?」と聞くと、

「三十八」

私は、となりの菊地さんの耳元へ、

「(私より)年下、年下」とささやく。

そして、さくさく歩き始める。

ふと見ると、みんなのナップザックには、外にアミアミのポケットがついている。そしてそこに、それぞれ思い思いに水やタオルを入れている。菊地さんのを見ると、やっぱりついてて、水がちょこんとおさまっていた。

「ねえねえ。いいなあ、みんなの。アミアミがついてる。私の、ついてないよ。水を出すにもいちいちおろさなきゃいけないんだね。私だけ」

「ほら、ガイドさんのにはついてないじゃないですか。きっと、本格的なのにはついてないんですよ。銀色さんの、本格的だし」

「本格的にしなけりゃよかった……」

と、小さく後悔しつつ、進む。

最初私は、なんだか、この五人がおかしくて、ひとり、心で笑っていた。

Qちゃんの森の説明を聞きながらも、どうもみんなの雰囲気がおもしろいっていうか、おかしくて。だって、さっきまで全然知らない同士だったのに、何の疑問も抱かずに肩を並べてちんまり説明を聞いてるその感じが。なんか不思議じゃない？　蛭子《えびす》さんみたいに、くすくす笑いが止まらない。で、これっていうたびに、菊地さんの体をひじでつつくのだけど、菊地さんはいちいち「えっ?」と驚いてこっちを見るんだ。でも、何度もやってたら、「なんとなくわかります」と、言ってくれた。そんな感じで、やがて私もここに慣れていった。

説明が終わると、また静かに下を向いて一歩一歩、歩き始める。

「見てください。丸い石の上からたくさんの木がはえています」と、突然、Qちゃんの声。

ほんとだ。

「屋久島には、多いのですが、どうして石の上からはえているのでしょう」

この疑問、きのう菊地さんがヤクスギランドで言ってたやつだ。なんでかなーなんて言ってたよね。

「地面のは台風で流されるから」と私は言ってみたが、答えは、

「屋久島は湿度が高いので雑菌が多いけど、石の上だと、落ちた種が雑菌に冒されにくいから」だった。

ゆっくりとしたペースで、いろんな説明を聞きつつ歩く。すみれや苔の写真を撮る。

水が流れているところでは、すくって飲んでみる。おいしいような気がするけど、どうなんだろう。まろやか……？　ペットボトルに入れる。

何度目かの水のほとりでお昼。それぞれ、好きな場所へ腰をおろす。川の真ん中の石の上とか、川のほとりとか。私たちは川のほとり。美里似は、川の真ん中の石。ひげくまはもっと木の近く。お弁当は葉っぱにつつまれたおむすびとおかず。おいしく食べて、そのあと、川の水でいれたコーヒーを飲ませてもらう。


Qちゃんは、いつも静かに落ち着いて、遠くを見ている。

遠くの空を見て、静かに笑ってるみたいにしている。


また出発。

立ち止まって、いろいろ説明したり、みんなの疑問に答えながらQちゃんは進み、私たちは後に続く。ひげくまは、美里似と気さくにいろいろしゃべっている。

苔はますます深く緑に、緑だけじゃなくさまざまな色に、木の根や岩を覆っている。

よく見ると、本当にいろいろな緑色だ。うす黄緑やうすい灰色から、黄色みをおびたもの、あざやかな緑、濃い緑……。

Qちゃんが、このへんからますます苔がきれいに、深くなっていきますと言う。みんなも改めてまわりを見回したり、足元の苔をじっと眺めたり、さわって感触を楽しんだりしている。美里似もQちゃんにいろいろ質問したりして、感慨深げ。私も写真を何枚か撮った。菊地さんだけは、苔をちょこんと指先でなんとなくさわっただけだった。

忘れていた、深い呼吸。気がつくといつも息をつめている。止めてる時もある。いけない。

フー、ハー、フー。

どの木もどの木も、それぞれにぐにゃぐにゃとからまって、生き残った木は上へとのびていく。内臓のような枝のからまり。血管がむきだしになってるみたい。生命力を目で見てる感じ。

あと、いぼみたいのとか、細い気管みたいな枝がぎっしりつまってるのとか。SF&ホラーだ。スプラッタ系の。そんなのをちらっと見るのは気持ち悪くも楽しい。歩きつつ見る足元に、私の好きな、顔に見える落ち葉がたまにあるのも。ペンギンも。

ひめしゃらという名前の木は、森の中でひとり異彩を放っている。というのも、その木の幹の色が、他と違ってるから。苔がついていなくて、つるっとしたきれいな茶色。ほんと、それだけは、私も目についた。他のはみんな、似てるし。

そうこうするうちに、白谷山荘という山荘に着いた。ここで休憩。わきを流れる小川の真ん中に立つからシャッターを押して、と美里似に頼まれたので、押す。

「こんなところで撮ったら、どんなジャングルに行ったかと思われちゃう」と言う。なんと答えたらいいのかわからなかったので、黙ったまま笑う。

菊地さんは、うまいことおとなしい。白いシャツと帽子の間にかわいらしく丸い顔を入れて。

「山荘からすこし登ったところに苔のきれいな場所があるので、そこまで行って、帰ります」とQちゃんが言う。

苔のきれいな場所というところに着いた。休憩。ひげくまも美里似もさかんに写真を撮っている。私も、数枚ほど撮った。しばらくして、歩きだす。

ひめしゃらの木

茶系のコケ
ぬいぐるみみたいな

帰りは行きとは別のルート。小さな白い花がたくさん咲いていて、足元や苔の上にぱらぱらぽとぽと落ちている。

また気づくと、息をつめている。いけない。深い呼吸。


確かに、木や苔や大きな石や水の流れがきれい。ここは、ひとりかふたりで、他に人がいない時期をみはからって、できれば雨の日、雨がふとやんで、薄日がさすような時に訪れたい。今度来る時は、そうしよう。きょうはきょうでいいけど。

奉行杉《ぶぎょうすぎ》とか三本足杉と呼ばれている杉のある道を行く。

また川だ。

石の上に男の人が座って、煙草を吸っている。水のせせらぎの中、静かに。

私たちが来たので、男の人は去っていった。

そこでしばらく休憩。それぞれ、思い思いの場所で休む。

Qちゃんが、岩の上に腰をおろして、はるかな遠くに顔を向けている。また、微笑んでいるみたいな顔だ。

後で菊地さんに言ったら、菊地さんも「見ました」と言ってた。

aちゃん

「笑ってなかった？」

「笑ってましたね」

Qちゃんって、不思議。別のものを聞いてるみたい。とても落ち着いてるし。

そしてまた、いろいろな説明を聞きつつ、上がったり下ったりを繰り返して進んだ。最後ちかくに滝があって、モアイ像とか、人の顔とかに見えた。

帰りの車の中で、美里似が、

「今日、海がめの産卵を見に行くんです」と言う。ひげくまが、興味深そうにいろいろ尋ねている。私も、

「何時から何時までですか？」とか、ちょっと頭に浮かんだことを聞いた。

海がめの産卵……。さるや鹿と同じで、別に見たくない。海がめが産卵してるところを見るなんて、邪魔してる気がして。

菊地さんも「別に見たくないです」と言ってた。丸顔で。

美里似が宿で下りた。次は、ひげくまが空港で下りる。このまま飛行機で帰るそうだ。

いぼいぼ

しっぽ

ペンギン

顔

見上げた葉っぱの緑がきれいでした

モアイ像

「あしたからお仕事ですか?」と、運転しながらQちゃんが聞いたら、「そう、仕事」と言いながら、パタンと携帯を閉じたひげくまの顔は、もう社会人の顔だった。

帰りの道。車の中からまわりの村落を興味深く眺める。家の庭や塀の外に、ユリがぐわっと咲いている。まさに咲き誇ってる。お墓が、道路に面して並んでいたけど、そこにもたくさんのユリがいけられてた。

菊地さんに、
「最後の日さあ、沢登りはやめて、レンタカーを借りて、島を一周しながらユリなんかの写真を撮りたいな……」と言ったら、
「そうしましょう」と言う。

私たち、やっぱり自由なのが好き。

夕食は、楽しみだった。白谷雲水峡をうんうんと登ってる時から、きょうは何を食べ

ようかな……と、あれこれ想像していたので。

今日はコースでなくて、アラカルト。わかめとか、サラダとか、いろいろたのんで、最後に鯛茶漬けをふたりで半分こした。

その後に、私の部屋でコーヒーを飲みながら、今日の感想をあれこれしゃべる。私の、三人のあだ名を教えたら、

「あ、柳美里。そうですねー。似てる、似てる。早く言ってくださいよー」

「時代遅れの冗談、言ってなかった？」

「げっ、とか、ぐえっ、とか言って驚いてましたね」

そして、Qちゃんという呼び名も、

「そう、そう。似てますね」なんて言って、それ以来、菊地さんもQちゃん、Qちゃん、と言ってた。

「その、私流の見方でいくと、菊地さんもあるんだけど……。きっと、似てないって言うと思うけど……」

「えっ、何ですか？」

「……あのさあ、……TOKIOの……」

「いちばん童顔の?」

「違う。……長瀬くん」

「えーっ。ちょっと……」

「うん。でもね、メガネをかけた時の菊地さんの目は、ドラマの『ムコ殿』でメガネをかけてる長瀬くんの目と同じ感じがあったんだ……」

そう。あの、くっきりとした二重まぶたと、どこを見ているのかわからない遠い瞳は、メガネのレンズ越しの持つ独特のつぶらーな感じとあいまって、私には、そう感じられたのです。


さて、そのあとテラスから、恒例の露天風呂を見て、いないね、と言いつつ、別れる。

家に電話してみる。

小三の娘が出た。

「きょうはね、ハイキングに行ったんだよ。あしたはね、小さい舟に乗って、川をくだるよ」

ホテルの部屋にも屋久杉

安房川

ック。

「ふーん……。ママって、しあわせだねー」

本を読んでいるうちに、だんだん眠くなり、十一時前には眠る、明日は、リバーカヤック。

六時半に起きた。

曇りだ。晴れてるより、いいかも。暑くないから。

水着のうえに、シャツと短パンをはき、準備完了。

九時にお迎えが来て、きょうの川。安房《あんぼう》川へ。

行く途中の道のわきに、青い花がたくさん咲いているのを見つける。

「この場所、一緒に、覚えといて」と菊地さんに言う。

私たち、まわりをじっと見て、目印を記憶。

きょうのメンバーは八人。私たちふたりと、六人組。友だち、兄弟、仕事仲間らしい。

この六人組は、今夜海がめの産卵を見に行くという。やっぱり、行く人、多いのかな。

安房川は、ゆったりとした流れの、緑色の川だった。

まず、練習。みんな、初心者だったので、乗り方、こぎ方、その他いろいろ。結構、大変。うっかりすると、すぐひっくり返りそう。

この時点で、私と菊地さんは、ひるむ。

「うーん……。やだな……。できないかも。こんなに大変そうだと思わなかった。今やめていいといわれたら、やめるかも……」などとぶつぶつ小声で言ってたら、菊地さんも、同じ気持ちのようだった。ひとりづつ順番に川へ出ていく。Qちゃんが、たのもしくささえてくれる。私たちは最後だったので、最初の方の人たちがカヤックをこいでいくのを見ていてうらやましかった。ひとり、またひとりと、落ちないで、よろよろしながらも橋の下の方へこいで行ってる。みんな、平気そうに見える。後の方って、いやだな……。パッとすませたいのに、最後なんて……。と思っているうちに、ついに私の番になった。

「はいっ」と緊張して進み出る。

Qちゃんが、揺れないように押さえてくれて、力づけてくれた。真剣な気持ちで、言われたとおりの姿勢、体重移動。やった。ひっくり返らずにするっとすべりだした。しばらく進む。うまくまっすぐに進まず、どうしてもくるっと回ってしまう。回りついでに後ろを見たら、菊地さんがやってくるところ。よろよろしながらも、うまく乗ってる。

「ぐらぐらしたら、バンザーイですよー」と、Qちゃんの声。

ぐらぐらしたら、バンザイ。ぐらぐらしたら、バンザイ。

と、心の中で繰り返していたら、

本当にぐらぐらしてきたので、バンザイをした。

止まった。

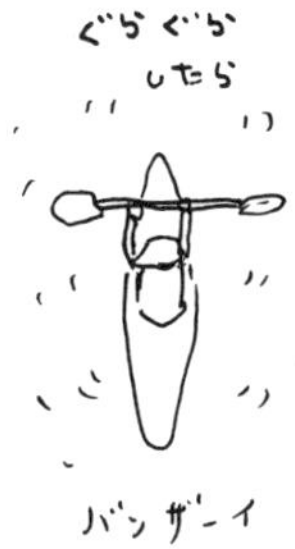

水の上で、止まり方と方向転換を教わる。

それから、ゆっくりと上流へ向かって、それぞれにこぎ進む。川は、それほど流れもなく、こぎやすい。また呼吸が浅くなっている。時々、息を止めてる。フー、フー。

「向こうに見える砂州まで。まず行きましょう」と言われ、思い思いのルートで進む。

他の人のカヤックにぶつかりそうになったり、ぶつかったりした。まわりに誰もいないところを進もうと思っても、いつのまにか人がいて、危険、危険。やっとの思いで、砂州に着いた。今度は、砂地への降り方を教わる。

休憩した砂地

ここは、川がL字型になっているところにできた砂州で、木がはりだしている。休憩。トイレは、山トイレ。それぞれに山へ分け入って、適当な場所ですませてくるらしい。

無花果《いちじく》の仲間の木の実の説明を聞いて、どら焼き風のお菓子がくばられた。

「ここで、天海祐希の映画が撮影されたんですよ。このへんの木の枝に羽衣をひっかけて……」

じゃあ、ここにもトヨエツが？

「スタッフの人たちは、機材をかついで、上の山からおりてきたそうです」

トヨエツも、山トイレ？

無花果の仲間の木の実をさわったり、落ちてるのを割って、中にいるというハチを探した。菊地さんが、「もう、帰りたい……。カヌーは、もうしないかも……」と、弱音をはいている。私も、楽しい気持ちはまだなかった。

「次に曲がったところに、流れの速いところがありますので、そこだけ注意してください。その直前で、また説明します」

なんて言うので、ますますおびえた。

でも、みんなから遅れることは、もっと怖いので、緊張したまま、カヤックをこぎだす。

全員、出発。

菊地さんも、こいでる。

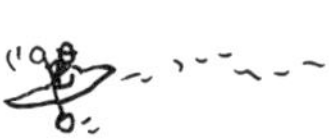

さて、問題の、流れの前にみんな集まった。

まず、もうひとりのガイドさんが、見本を見せてくれる。それから、次々と後に続く。

水関係のスポーツって、後で思い出すと、すごく楽しかったと思うんだけど、やってる時は、やけに怖い。

みんな、うまくいってる。順番が来たので、進んだ。どうにか、くぐりぬける。

ほっとしていると、目の前の岩場に上陸して、お昼という。

早い。

もう？　いいの？　なんかあっさりしてない？　と思ったが、言われるまま、よろよろと上陸。

「では、まず、焚き火用の薪を集めてください。杉の枯れ枝は、よく火がつきます」

みんな、それぞれに、流木や枯れ木を拾いだす。

「杉林に、杉ひろいに行きまーす」と声がかかったので、私もそっちに行く。見ると、菊地さんも来ている。

山の中へはいったところに、植林された、若い杉林があった。みんな、落っこってる杉の枝を拾い集め、岩場へ戻る。

岩場では、Qちゃんが、焚き火どころを作っていた。

杉を着火材にして、木を燃やす。その上に鉄板をのせる。

みんなに缶ビールがくばられた。元気そうな女の人が、笑いながら冗談を言って、みんなを笑わせている。あの人が、リーダーっぽいおもしろい役割のようだ。

最初に、サバの干物が焼かれ、つまみに食べる。次に、焼きソバ。

途中で火が消えかけたので、数人が交代で火を吹く。灰がソバの上に舞ったが、どうにかできあがった。

私の皿には二番目にソバが入れられたので、野菜が少なく、ほとんどメンだった。鉄板に残った焼きソバは、ひとりだけいた男の人に集められた。たくさん残した女の子がいて、その子も男の人にあげていた。

「食べないの？」と、他の人に尋ねられ、

「私、一番目だったからさ、メンばっかりだったの」と答えているのが聞こえ、私と同じ気持ち、しかも一番さんだから先輩、なんて思う。

ビールをちょっと飲んだりしたせいか、すこし楽しくなった。菊地さんも、「またやってもいい」と言いだしてる。私も、「もしかしたら、気の合う仲間同士で、のんびり来たら、すごく楽しいかもね」と言う。

雨がぽつぽつ、降ってきた。石がてんてんと丸く黒く濡れていく。

大丈夫かな。「大丈夫だよね。空、明るいもんね」と、空を見上げた。

Qちゃんは、ゴミが出ないように、魚の骨もきちんと燃やして、後片付けをしている。

そして、またこぎだす。

もう、怖くなくなった。リラックスして、のびのびこげる。楽しい、楽しい。ずんずん進んでいたら、岩があって、そこから上には進めなくなっていた。どうするんだろう。

一応、ここで、行き止まりで、泳ぎたい人は泳ぐということらしい。

水温は？　すごくつめたい。男の人が、泳ぎ始めた。とても寒そう。他には誰も。そして、雨も降ってきた。ガイドさんが、シュノーケルを取り出して、みんなにすすめている。ちいさな魚が見えますよ、と。

なんと菊地さんが、それを借りて、川の中をのぞいてる。冷たい水にひざまでつかって。

他の女の人、あ、あのリーダー格の人も泳ぎ始めた。

菊地さんが、岸に戻ってきて、短パンを脱ぎ始めた。本格的に川へ入る意志をかためたようだ。なんか……、私も、はいろうかな……。あの菊地さんが、アウトドア嫌いの菊地さんがはいってるんだもん。

はいろう。シュノーケルを借りた。服を脱いで、すこしずつ水の中にはいってみる。

これから昼食の準備です

サバの干物を焼いてます

ううう っ。冷たい。

思いきって、全部、つかる。冷たい。そのまま、水の中を見ながら泳ぐ。魚……、茶色い魚がいた。しばらくすると、冷たさに慣れてきた。慣れてくると、気持ちよく感じる。雨が降ってても、楽しいし、雨が降ってる方が、おもしろい。

納得するまで泳いだ後、岸へと帰った。雨はますます強くなっている。どしゃぶり……。

タオルで体をふいて、ゴアテックスの雨ガッパを着て、しばらく木のしたで雨宿り。雨がやや小ぶりになったところで、帰ることになり、またカヤックを出して、乗り込む。

雨の中、今度はぞんぶんに雨のつぶを楽しみながら、うかぶ。あおむけになって、雨を顔にうけるのが楽しい。灰色の空。白い雨。雨のつぶつぶ。また、ざーざーぶりになってきた。

菊地さんに、「ほら、こうやって、あおむけになると楽しいよ」と言いながら、やってみようとしたら、さっきと違ってぐらぐら揺れたので、びくっとして体勢をたてなおす。そんな姿を見て、「私はいいです」と言われてしまった。ああ、くやしい。さっきはよかったのに。

しばらくみんなものんびりそこらで気ままにこいで、うろうろしてから、ゆっくりと下流へと向かう。

帰りは、それぞれに、自由にこいでいった。雨もすこしづつおさまる。

またやりたいな。もっと暑くなってから。水着でとびこむと、ひんやりして気持ちいいって日に。

寒い体で、やっとホテルに着いた。四時。

すぐに温泉へはいる。だんだんあったかくなってきた。

明日はレンタカーを借りることにしたので、手配してもらう。六時半にレンタカー屋さんが来た。ロビーで、手続き。明日の九時から五時のコースだけど、キーを渡してくれた。

「ホテルの駐車場に止めてありますから。いつでも使ってください。あしたは、空港にキーをつけたまま、おいといてください」

「いいんですか？　そのままで」

「島ですから」

ということ。


夕食へ。

きょうは、もう決めていた。また、鯛茶漬けを、今度はひとりで。

菊地さんは、ハンバーグを食べたいと言ってる。

で、私は、サラダとコンソメスープと鯛茶漬けをたのんだ。その時、「順番は？」と聞かれたので、「できた順でいいです」と答えたが、まさか、鯛茶漬けがコンソメスープより早く出てくるとは思わなかった。

和食担当の板さんが、ヒマだったのか。

「水着、買ったんだよ」

「どうでした？」

「失敗した。部屋で着てみたんだけど、きみどり色の虫みたいだった」

食後に、ベニイモチップスを買って、また菊地さんと、部屋でお茶を飲む。もう習慣なので、テラスからのぞく。露天風呂に、人はいない。

「菊地さん。結局、見れなかったね」

「残念です」


売店にあったお盆。欲しかったのを上から二番目においといたやつ。あれも買った。それと、屋久島の地図。くわしいのが欲しかったが、絵地図しかなかったので、それを買う。

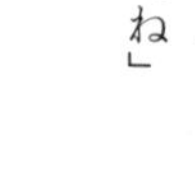

明日は晴れそう。晴れるといいな。

晴れました。

朝起きて、外を見たら、水色の空にティッシュを小さく裂いてばらまいたように雲が浮かんでいた。いい天気です。

太陽がもうすぐ顔を出すところ。

今日こそは朝風呂に行こう。

朝の明るい光のなかで見ると、風呂の中には三つの屋久杉が埋め込まれているのがわかった。今まで、ひとつしか気づかなかったけど。

浴そうのふちに埋め込まれた、黒っぽく朽ちている切り株。水面下二十センチ、腰かけられるやつ。そして、底に、大きな輪切り。

大きな輪切りの真ん中に座ると、外においてあるでっかい屋久杉の根っこが見えた。

Qちゃんが言ってたな……。土埋木といって、土の中に埋まっていた屋久杉はとても貴重な木工品の素材となっていて、一見、枯れているように見えるけど、中はきれいで、あめ色の綺麗な壺やなんかが作られてるって。高価なものらしい。

売店にあった何十万円もするような置物。あれだ。

いろんなところに、こんな根っこ、飾ってあったな……。

屋久杉か……。有名な縄文杉には行かなかったけど、だいぶん大きなのは見た。大きくて長い間生きてるってだけで、すごいと思う。けど、それは、大きくて長い間生きてるってことに対する思いだ。小さくてすぐ死んだ杉についてはどうだろうか。

長く生きたものと、すぐ死んだものの差は、どこにあるんだろう。たまたまそういう条件の下にあったってだけかもしれない。

長く生きたものをすごいなあと思う時、それよりも短命だったたくさんのほかのものも、同じ大きさで思い浮かぶ。

輪切りの上に座っていたせいか、いろんなことを思った。


九時にチェックアウトして、今日はレンタカーで自由に行動。ワクワクする。

やっぱり、自由って、いいなー。

でも、それが味わえるのは、不自由があったからこそだ。不自由というか、規制っていうか、練習中の時期も大切。それとの行ったり来たりだよね。成長とか、人生の夢に向かって進む途上って。

だからこそ、不自由のあとの自由って、いいなー。

気分爽快にハンドルをきるのは私。となりにちんまり座ってるのは菊地さん。

「まず、きのうの青い花のところに行くね。それから、ポンカンタンカン園に行くね。タンカンポンカン園だったかな。そして、きのう雨が降ったから、水がたくさん流れてるかもしれないってことで、千尋の滝にまた行ってみよう」

「はい」

「どこだっけ、きのうのとこ。このへんだよね？」

「へんな名前の看板の近く……。あ、あれだ、あの先です」

ありました。青い花が咲いてるところ。うーん。でも、きのうの曇り空の下のほうが青さがしっとりしてたな……。きょうは天気がいいから、日が射してて、白っぽく見える。でもでも、うっそうとしててきれい。

撮影後、Uターンして、ポンカンタンカン園だかタンカンポンカン園へ。地元の野菜やお菓子を売ってると、ガイドブックで見たので。

みやげ物類もあった。木の枝を使ったフォトスタンドとか、手作りのかわいいものいろいろ。私たちは、屋久島の水と、手作りお菓子（みかんやよもぎや紅芋など十種類の味の、薄く焼いたせんべい）、葉っぱで包んだおだんごを買った。ユリがバケツに、一本五十円で売ってたので、「ユリが、海岸に咲いてると聞いたんですが、どのへんかわかりますか？」と、レジのおばちゃんに聞いたけど、わからないとのこと。

「あの写真、ずっと前ので、もう、ユリははえてないのかも」

千尋の滝へ向かいながら、ユリのことはあきらめ気分。

「そうですね……」

でも、写真集で見た栗生の浜、あとで通るので、探してみよう。

千尋の滝に着いた。きょうも人はいない。滝。このあいだと変化なし。あれくらいの雨では変わらないんだ。

森の、いい匂いがする。甘いような。この匂い、大好き。ずっと前に、尾瀬に行った時も、この匂いがしていた。この匂いのために、これから生きていこうかな。と、ふいに思ったことを、思い出す。

千尋の滝を出てからしばらく走ってたら、ギャラリー&喫茶と書いてある喫茶店があったので、なにかおもしろい作品があるかもと、のぞいてみることにした。車を止めて中に入ると、カップルがお茶を飲んでいる。

壁や棚に、置物やフォトスタンドや絵葉書が並んでいて、それをひとつひとつ見ていたら、店の人がお盆の上に水をのせて持ってきた。

「あ、見せてもらってました」と言ったら、店の人は妙な顔をしている。あわてて外へ出た。見るだけは、ダメだったのかな。ドキドキしながら車を出そうとしていたら、四人くらい人が乗ってる車がやってきて止まったので、

「これで、水はむだにはなりませんね」と菊地さんがつぶやいた。


ふー。

次は、と地図を見る。

「平内《ひらうち》海中温泉ってとこに行ってみようか」

平内海中温泉……荒磯の岩の間から湧き出る硫黄泉《いおうせん》。一日二回の干潮時の前後二時間ほどだけ湯船が現れる、海の露天風呂。混浴で、脱衣所はない。と、ガイドブックに書いてある。
道路を左に曲がって海の方へどんどんおりていくと、行き止まりになっていたので、そこに車を止めた。
歩いてすぐに建物があり、コンクリートの広場から見下ろす海岸の方に風呂らしきものが見えたが、男の人が入ろうとしている。おじさんと子ども。

いい天気だ。気持ちいいだろうな。

車にもどって、バックで切り返してUターン。切り返しが下手なので、時間をかけて何度も繰り返す。でも、思ったよりすぐにできた。三回ほどで。

天気がいいのはいいけど、陽射しが強い。運転している右腕がひりひりしてきた。日焼けしてるかも。左手でさわると、熱くなっていた。すりすりとさすりながら、進む。

次は、ついに栗生だ。

栗生漁港の近くの砂浜に行ってみる。

「ユリ、ある？」

見渡したが、何の花も咲いてない。そのまま砂浜を波打ち際まで歩き、しゃがんで、貝を探したり砂のつぶを見たりした。菊地さんも、黙って砂を見ている。

ぼんやりとした時間が過ぎる。暑い。

「行こうか……」

波打ち際にいた菊地さんの靴が、波をかぶって濡れた。

「濡れちゃった……」と菊地さん。

「あー」と、心配そうに見たが、私じゃなくてよかった。

ふたたび車に乗って、今度はしゃくなげの森公園というところへ向かう。

細い道の左右から、ユリの花やつぼみが突き出てる。

「かわいいね」

しゃくなげの森公園の駐車場に車を止めた。他に人はいない様子。入り口の発券所に、おばあさんが座って編物をしている。

「すみません。しゃくなげって、今咲いてるんですか？」

「もう、終わりましたよ」

「そうですか……」

じゃあ、はいるのやめようかということになる。

「ユリの写真、撮ってくるね」と言って、私はひとりでさっきの道へと引き返す。道のわきから突き出てるユリ。網の向こうで咲いてるユリ。ユリが咲いてるなあ……。

ぷらぷら歩いていたら、民家の庭に三歳くらいの男の子がいた。笑いかけたら、はずかしそうにしている。そこへ、その家のおじいさんらしき人が出てきた。手にみかんを三個持っている。そして、「これ、タンカン。この木になったもので、柔らかいからもうダメかもしれないけど、よかったら持ってって」と、手渡してくれた。
「ありがとうございます」と、恐縮して、いただく。
車に戻って、「これ、もらったの」と菊地さんに見せた。

それから今度は、サンゴの岩場の方へ行ってみることにした。

行く途中の民家の前に咲いてる花がきれいだったので、車をバックさせて、運転席からパチリ。

サンゴの岩場。絵地図に、タイドプール水族館と書いてあるから、岩の間のしおだまりに魚がいるかもしれない。

強い陽射しの中、ざくざくと砂を踏みながら岩へと近づく。眩しくて、目を細める。

透明な海の水が岩の間にたまっていた。よく見る。じっと見る。小さな魚。あと、カニ。カニの左にいるのはエビか……。となりのはどうだろう。次々と見ていく。しばらく進んで、あざやかなコバルトグリーンの小さな熱帯魚を見つけた時、わたしの気はおさまった。納得して岸へと戻り始める。

「暑いね……」と言いながら、まわりを見渡すと、そこには、写真集で見たようなユリが。

「これだったのかな」

「これですよ」

満足して、また車に乗り込む。

大川《おおこ》の滝。

実は私は、滝はそれほど好きじゃない。薄暗くてじめじめしてるイメージがある。滝を見る場所のことだけど。木がうっそうと茂っていて、足元が濡れていて。で、この滝もさっと見て帰ろうと思っていたら、なんだか、明るい。水がバーッと落ちていて、滝壺は池のよう。

手前に岩のかたまりがあって、その上に人が棒を持って立っている。

何だろうと思って見てみると、どうやら演劇かなにかの、パンフレットかなにかの撮影だ。

岩の上でポーズをとっている。男の人や女の人。女の人は、天照大神《あまてらすおおみかみ》？　みたいな服

この滝壺の
池がよかった。
そこの石に
すわって
のんびり
できる

を着て、きれいな形の手の動きをした後、気合をこめてじっと立っていた。

ぼやっと眺める。

眺めるのもあきて、他のところを見ていたら、天照大神が、「あっ。輪ができてる」と太陽を指さして叫びながら走りだした。そして、自分の荷物からカメラを取り出して、写真を撮り始めた。私もふりあおいで太陽を見てみる。ほんとだ、太陽のまわりに丸い輪っかができてる。で、私も写真を撮った。


滝の近くに行こうかな……と思い、石から石へとジャンプしながらいちばん前まで行ってみた。石の上に腰かけて足をぶらぶらさせながら滝の水を見る。滝って白いな……。

涼しくさわやかな空気を満喫した。滝を見てるところを後ろから菊地さんに写真に撮ってもらったし。そろそろ行くかな、とすこしはなれたベンチまで戻って座り、また滝や、演劇人たちを見ていた。


ああ、そうそう。と、いつもの滝の見方を思い出したのでやってみた。

それは、滝の、ここの場合全部は無理だから、下の方の十メートルくらいのところを使って、水の落ちる速度と同じ速さで視線を動かすというもの。そうすると、今までどっという水の流れのかたまりに見えていたのが、水のつぶ、ひとつひとつ、丸っぽいてんてんで見えてくる。それがおもしろくて、何分くらいだろう、二〜三分やって、満足して、視線を右の方の岩山の棒を持った演劇男に移した時、それが起こった。

演劇男のまわりの岩全体がぐにゃあーっと曲がって上へ上へと動きだしたのだ。

わっ、と驚きつつも、不思議な現象が、ついに私にも見えるようになったのか、しかもこんな白昼堂々と、暑い中でと、ドキドキしかけたが、すぐに理由がわかって、なんだと思った。

以前、テレビで、目の錯覚の番組をやっていた時、司会者がこう言った、

「みなさん。これから画面にある図形が出て動きます。それをじっと見続けてください。一点を見つめて、視線をずらさないようにしてください。その後、画面が変わって人の顔になりますから、そのまま見ていてください」

言われるままに、図形を見つめた。丸い形で、渦をまくように動いている。一分くらいだったかな、ずっと見ていた。そしてその後、画面がぱっと変わり、その日のゲスト

だった女優さんの顔のアップになった。

　すると、その顔がぐにゃぐにゃと動きだしたのだった。ぐにゃぐにゃ動いているにもかかわらず、実際は何も動いてない。動いてないことがわかっているのに、動いて見えるという不思議なことになった。

　あれと同じだ。目の錯覚なのだけど。滝の水を上から下へとずっと見ていたので、視線をずらした時、それと反対に、岩山が上へ上へと動いて見えたのだ。

　さっそくとなりにいた菊地さんに見方を説明した。

　何度かやってたけど、ダメだ。けど、ついに、それが見えた。

「ああっ。すごい、すごい。ホントだ。ぐにゃーっと動いてます」

「ね」

　しばらくふたりでそうやってた。

　飽きるまでやって、またおもむろに立ち上がる。

　コンクリートの細い通路を通って、車のところまで戻る。

　大川の滝の入り口近くに、大川の水という湧き水があるのを来る時見てたので、ちょっと戻って水を補給する。

太陽のまわりの輪っか

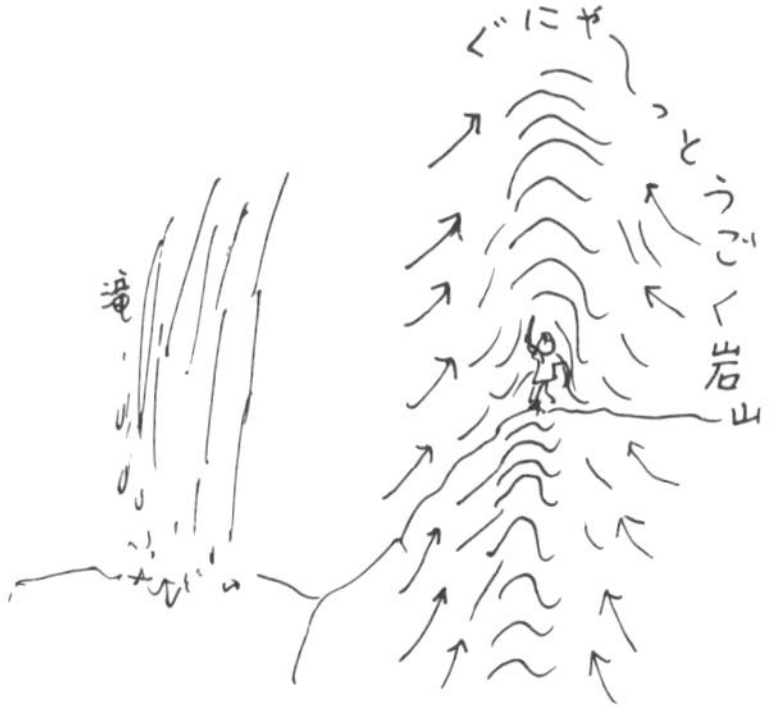
滝
ぐにゃ〜っとうごく岩山

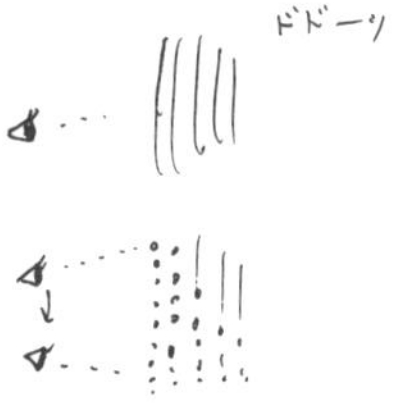
ドドーッ

さあ、これからは「西部林道」だ。

西部林道とは、原生林の中を走る道。さるがよくでてくるそうだ。もうお昼だし、おなかもすいてきた。

「どうする？　お昼」

「どうしましょうか」

「西部林道を越えたところに町があるよね」

「あります。永田という」

「そこで、探そう。で、西部林道のどこかでおやつにしようか。おなかすいたし。おだんご食べようよ」

「そうしましょう」

おやつを食べられると思うと、自然と士気も上がる。どこか、おやつを食べるのによさそうな景色のいいところはないかなとちらちら左右を眺めたり、山の斜面の木々を見たりしながら進む。

左手の海に、三角のピラミッドみたいな岩山が見えた。

「何だろう、あれ」

「立神岩と書いてあります」と、ガイドブックを見ながら菊地さんが言う。

「神が立つ岩なのかな」

「字のとおり読むとそうですねー」

「あれ。あの島、口永良部《くちのえらぶ》島？」

「そうですね」

「上に、犬みたいな雲が座ってる」

おりこうな感じの。

ご主人の帰りを待ってるみたいな。

ぱっと開けた景色のところがなかなかなかなかったので、木がトンネルを作っている涼しくて薄暗いところに車を止めて、おやつタイムにすることにした。おだんごとせんべい。車のドアを開けて外に出て、しっとりとした道のわきの草なんかぷらぷら見ていたら、がさがさっと音がして、ついに出てきました。さるたち。でも、見ないようにした。こっちに来るといけないので。あかちゃん抱っこのさるがいたので、それだけ写真に撮る。あかちゃんがこっちを見てた。おかあさんざるにしがみついている左手がかわいかった。おかあさんの方は、背中まるめて、ぼんやり。

おなかもかなりすいたので、永田岬の屋久島灯台というところへは寄らずに進む。

「今、理想の昼食は？」と、菊地さんに尋ねてみる。

「そうですねー。焼き魚定食かな」

「そうだね。そんなの食べたいね」

西部林道を走ってる間にすれ違った車の数は、五台くらいだった。自転車に乗った人とは三人くらいすれ違った。旅人たち。自転車の人とすれ違う時はいつも、悪いような気持ちになる。

やっと出ました。永田に。食べるとこ、食べるとこ、ときょろきょろしながら走るけど、なにもない。ほか弁屋があったけど、食堂はないかな。進む、進む。なさそう……。

永田をぬけてしまった。「いなか浜」という浜だ。

「ないね」

「ないですね」

「あのお弁当屋かな」

引き返す。

今ここでお昼を食べられないと、のんびり気分もピンチ。もう何でもいいから、何か。

弁当屋にはいると、誰もいない。しばらくして、おじさんが出てきた。

「お弁当、ありますか？」

「もう、終わっちゃった」

「そうですか……」

「何がいいの？」

「何でもいいんですけど」

「焼き肉弁当でよければすぐ作れるよ」

「お願いします」

よかった。と安心して、できるのを待ってる間、私は、さっき通った時に気になったものの写真を撮りに行く。

「行ってくるね」

「はい」

ひとり、歩きだす。
この、「前の浜」と、となりの「いなか浜」は、海がめの産卵場所になっているらしい。大きな海がめの像がポツンと海に向かっている。道ばたの草花の黄色が、あざやかだ。丸く白い砂地。魚も見える。大きな岩は、どこにでもあって、遊ぶのによさそう。
海に向かってるお墓にもユリがいっぱい。

Uターンして、またとことこ歩いて、お弁当屋へ向かっていると、向こうからお弁当のはいったビニール袋をさげて歩いてくる菊地さんが小さく見えた。暑い中、音もなく、けだるい午後だ。

「さっきの砂浜で食べようか」と、提案して、車で「いなか浜」へ行く。誰もいない。

「あの丸い石の上で食べよう」

砂浜には、石がぽこぽこあった。なかでも、直径三メートルくらいの丸い石が、よさそうだった。白や黒や長方形の石が中にはいっていて、模様になっている。その上に腰かけた。弁当と、湧き水のはいったペットボトル。

海を見ながら、波の音を聞きながら、黙って焼き肉を食べる。

「あれが露天風呂のある旅館だね」

すぐそこに見える、黒い板でできている民芸調のいい感じの宿。夕陽がきれいに見えるだろう。あの、岩のあたりが露天風呂かな。

「あそこに泊まってるんだとしたら、海がめの産卵を見てもいいかも。すぐとなりだし、散歩がてらに」

「そうですねー」

ふたたび、ぼーっとする。

石からおりて、砂をさわる。つぶつぶがかなり大きい。ざらめみたい。

落ち着いた私たちは、また、出発した。しばらく行ったところで、前にいた車が、左の見晴らしのよさそうな広いところにカーブして止まったのを見て、きれいな場所かも、と思い、私もすかさず止まった。

外に出ると、見晴らしがよくて、変わった形の岩がたくさん見えた。

「あれ、かめみたい」

「ほんとだ」

「あれ、足のうらに見える」

岩の割れ目が黒くなってて、どの岩も足のうらのひび割れに見えた。さっきの車の人たちは、何かの撮影班だった。スタイリストかコーディネーター風の女の人がいて、すれ違う時、妙にやさしく笑いかけてくれたのが、ちょっと不気味だった。仕事中だったからか。

彼らは、カメラやレフ板を持って、下へおりていった。

モデルみたいな人がいなかったから、物を撮るのだろうか。ロケハンかな。みんな、楽しそうに見えないけど……。

「あんなふうに、仕事で、大人数で、こんなところに来るの、いやだな」

「そうですね」と、菊地さん。

自然と対極にあるものみたいだ。

あとで、絵地図を見てみた。そこは四ツ瀬の鼻ってとこかも。

お弁当を食べた丸い岩

カメ小
カメ大

足のうら

ひび割れ

しばらく行くと、一湊《いっそう》という集落があり、大きな木の並木の下のベンチに男の子がひとり、座っていた。その写真を撮っていたら、自転車に乗った男の子がやってきて、くるくるまわりをまわりだした。私が写真を撮ってるのに気づいたようで、気になってたまらない自転車の彼。こっちをちらっと時々見ながら意識しているのがかわいらしかった。

一湊の浜にも行ってみた。ちょうど、おばちゃんたちの団体と一緒になった。ここの砂も、つぶが大きくて透きとおっている。波の近くで砂を見ていた時、ザブンと大きめの波がやってきて、靴が濡れてしまった。結局、私も。

波って時々、大きいのが来るから、気をつけないと。

一湊のあと。

次は志戸子《しとご》のガジュマル園だと思いながら、緑あふれる小道を走っていた。すると、

橋の上に、赤い車を止めて、海を眺めている茶髪の若者がいる。通り過ぎる時、助手席の菊地さんをチラッと見たのを見逃さなかった。

「今の男の子、遊んでるふうだね。女が前を通ったら、必ずチラッと見て品さだめするような」

「そうそう。今、見てましたもん」

志戸子のガジュマル園に着いた。

ぐにゃぐにゃした根っこが無数にたれさがっている。

血管、内臓、SF、エイリアン……。

薄暗くて、蚊にもさされた。ぐるっと回って、出る。

ガジュマル園を出て、しばらく行った坂道のところで、今度は、やせて、真っ黒に日焼けしたバックパッカーくんが、うつむきかげんに、道のはしっこを歩いていた。つぶらな瞳。真面目そう。

「さっきの人と、今の人、どうしてもどちらかひとりとつきあわなきゃいけないとしたら、どっち？」

「ぜったい、今の人です」とキッパリ言い切る菊地さん。

そうだよなあ……。

この道が、人生だとしたら。あの人たちが、出会う男性の象徴だと考えると……。さっきの色男に、もしもひっかかっていたとしたら、次にバックパッカーくんに出会っても、通り過ぎるだけ。色男にひっかからずに無事これたとしても、バックパッカーくんに出会った時に、なにもなければ、それもまた、通り過ぎるだけ……。あとから、思い返して、バックパッカーくんがよかったと思っても、もう遅い。だから、これ、と思った時に、ひと声かけるとか、道をたずねるとか、なんでもいいから、反射的にアクションを起こすのって、大事かも。それからあとは、相手の反応しだいで、いい感じだったら、自然と進むし、相手に拒絶されたら、普通に去ればいい。拒絶されても恥ずかしくないような、ごくさりげない、あたりまえのアクションをパッととれるかどうか。それが、技かも。反射神経って、大切。もたもたしてると、おおごとになるから、相手がなにも意識してない時に、行動を起こすのがポイント。

カジュマル園の木々

宮之浦の、ダチュラの場所に、写真を撮りに行く。犬が、よくほえました。私を、いぶかしげな目で見てたけど、やがて、危険はないと思ったのか、ひっこんでしまった。

そのあと、近くの民家の間の細い道をぷらぷら歩いた。


空港へ向かっていたら、道ばたに大きな赤い花の木があった、デイコかな。女の人が、落ちた花をそうじしていて、ヒマそうなタクシーの運転手さんと、もうひとり、おじさんと三人でおしゃべりしている。近づいて、邪魔にならないように写真を撮ってたら、いいよーなんて言って、よけてくれた。

よけてくれなくてもよかったけど、どうもーと言って、写真を撮った。

「きれいでしょう」

「きれいですね」

なんて、すこししゃべって、別れる。

岩に貝

犬、こっち見てます

デイコの木

空港へ行く前に、となりの木工芸品屋へよる。

店の前の駐車場に車を入れた時、店の中に長い服を着た女の人が見えた。

「あれ、滝で見た演劇の人じゃない？」

「そうでしょうか」

その人は、店の人にいろいろ質問したあと、ばたばたと去っていった。

「変わったしゃべり方をしてましたよ」と菊地さんが言う。

木のお盆を見て、結局、木のトレイを買った。

ガソリンを入れ、空港の駐車場に、言われたようにキーをつけたまま置く。

チェックインをするために建物の中へはいると、あの演劇の男の人たちがいた。Tシャツの模様でわかった。長い棒を預けるのに苦労している。

「やっぱり、あの人たちだったね」

菊地さんが手続きをしている間に、くだもののキーホルダーを買おうと、いそいそと売店に行ってみる。

あれ？　ない。あの、私が欲しかったふるぼけたやつ。好きな色の方ふたつが、ない。

好きじゃない方のひとつは、あるけど。

やってきた菊地さんに、

「欲しいと思った時に買わないと、あとで行ってももうない、という原則。本当だよね」と、がっかりして、つぶやく。

「本当に、そうですよね」

帰りの飛行機の窓から、屋久島の島影を望む。

右腕が日焼けでヒリヒリ痛い。

また、もし来たら、こんどは沢登りも、山登りもしてみたいと思った。

もらったタンカンを、一個と二個で分けた。二個が私。

で、結局、屋久島は
どうだったのか
と言うと、
木や緑が多く
水もきれいで
空気もきれいで、
自然たっぷりの島。
特別なものは
感じなかったけど、
気持ちいいところ
でした。

〈旅を終えて〉

日焼けした右腕は、皮がむけた。

菊地さんがいちばん印象に残ったのは、「大川の滝の岩がぐにゃり」だそうだ。

私は、何だろう。

ユリ。犬みたいな雲。けだるく焼き肉弁当を食べた丸い石。カヤックであびた雨。暑い道を走り続けたぼんやり感。しらない町。しらない道。岩場のカニ……。

旅に出ると、人はほんとうにひとりだ。誰かと一緒でも、こころは、ひとりだ。それがよくわかる。

たくさんの人と同じ場所へ行っても、ひとりで何度も同じ場所へ行っても、旅はひとりひとりが別の扉からはいり、扉の向こうの世界は、ひとつひとつ違う。

日常も、旅と同じだ。ユリにも、雲にも、カニにも、色男にも、パックパッカーくんにも、Qちゃんにも、たぶん毎日、出会ってる。

私たちが、それを見ようとするなら、それは、かがやきをもって、人生の断片を見せてくれる。

私は旅が好きだけど、日常も、好きです。

だから、たった今も、今日という旅の途上なのです。

へなちょこ探検隊《たんけんたい》

屋久島《やくしま》へ行《い》ってきました

銀色夏生《ぎんいろなつを》

平成13年10月25日　初版発行

発行者――見城徹
発行所――株式会社幻冬舎
〒151-0051東京都渋谷区千駄ヶ谷4-9-7
電話03(5411)6222(営業)
03(5411)6211(編集)
振替00120-8-767643
印刷・製本―図書印刷株式会社
装丁者――高橋雅之

幻冬舎文庫

ISBN4-344-40164-6　C0195　き-3-3